AF382932

Guía de lectura

Escrita por Cécile Perrel
Traducida por Laura Soler Pinson

La cartuja de Parma

de Stendhal

Entiende fácilmente la literatura con

ResumenExpress.com

www.resumenexpress.com

STENDHAL

ESCRITOR Y CRÍTICO DE ARTE FRANCÉS

- **Nacido en 1783 en Grenoble (Francia)**
- **Fallecido en 1842 en París (Francia)**
- **Algunas de sus obras:**
  - *Vanina Vanini* (1829), novela corta
  - *Rojo y Negro* (1830), novela
  - *La cartuja de Parma* (1839), novela

Stendhal, cuyo verdadero nombre es Henri Beyle, nace en Grenoble en 1783 en el seno de una familia burguesa. En París, en la época del Directorio, le apasionan los debates de ideas, que despiertan su espíritu crítico. Se une al ejército de Bonaparte y, gracias a las campañas militares, descubre Italia y Alemania. Después de 1815, se convierte en crítico de arte en Milán y escribe obras turísticas que firma con su pseudónimo. A partir de 1830, Luis Felipe lo nombra cónsul de Francia en Trieste y, más adelante, en Civitavecchia. Allí termina sus novelas más importantes (*Rojo *y Negro*, 1830; *La cartuja de Parma*, 1839) y una autobiografía (*Vida de Henry Brulard*, 1835-1836). En marzo de 1841, sufre una crisis de apoplejía en París. Muere al año siguiente, dejando muchos manuscritos inacabados.

LA CARTUJA DE PARMA

LA ITALIA DEL SIGLO XIX

- **Género:** novela
- **Edición de referencia:** Stendhal. 2015. *La cartuja de Parma*. s. l.: Penguin Clásicos
- **Primera edición:** 1839
- **Temáticas:** amor, aprendizaje, historia, juventud, heroísmo, ambición, batalla de Waterloo

La cartuja de Parma, publicada en 1839, cuenta la historia de un joven italiano, Fabricio del Dongo, que sueña con una gran carrera militar llena de gloria. Como ferviente admirador de Napoleón, se enrola en las filas del emperador durante la batalla de Waterloo, pero la derrota francesa lo obliga a volver a su país, donde, siguiendo los consejos de su tía, escoge una carrera eclesiástica. Primero, se enamora de esa tía carismática, para acabar sucumbiendo a los encantos de Clélia Conti, la hija del gobernador de la cárcel donde es encerrado por asesinato.

Aunque esta obra conocerá un éxito relativo

hasta principios del siglo XX, lo cierto es que Balzac le dedica la siguiente frase: «En mi opinión, el autor de *La cartuja de Parma* es uno de los mejores escritores de nuestra época»[1] (Balzac, citado en Stendhal 2015).

---

1. Cita traducida por ResumenExpress.com

RESUMEN

CAPÍTULOS 1-6

El 15 de mayo de 1796, Napoleón Bonaparte (emperador de los franceses, 1769-1821) entra en Milán, ciudad italiana que, hasta entonces, estaba bajo el yugo austriaco. Los franceses se alojan en viviendas de particulares y un oficial, el teniente Robert, escoge como domicilio la casa del marqués del Dongo. Entonces, se inicia un romance entre el militar francés y la marquesa del Dongo, la mujer de su anfitrión. De este idilio nace Fabricio, que será considerado el hijo menor del marqués.

A partir de 1800, la familia del Dongo decide instalarse en su castillo de Grianta, a orillas del lago de Como, donde Fabricio pasa su juventud escuchando los recuerdos del esplendor napoleónico. Quien mantiene vivos estos recuerdos es, sobre todo, su tía, Gina Pietranera, por la que siente un gran apego y que vive en casa del marqués, su hermano, desde la muerte de su marido. Fabricio encuentra a un sustituto de padre en la figura del abate Blanès, encargado de su educación.

Tras enterarse de que Napoleón se ha fugado de la isla de Elba y de su intento de regreso, Fabricio decide ponerse a sus órdenes. Se une al ejército napoleónico el día de la batalla de Waterloo (el 18 de junio de 1815). Sin embargo, no entiende nada de los enfrentamientos y, con su acento italiano, se convierte en sospechoso para los soldados.

La caída definitiva de Napoleón lleva a Fabricio hasta Francia. En efecto, no puede volver a Italia, ya que su hermano ha denunciado que está a sueldo de Napoleón, lo que se considera un acto de traición en una Italia dominada por los austriacos.

Gina está afligida por el exilio obligado de su sobrino. Pietranera conoce al conde Mosca, ministro del príncipe de Parma. Entre ellos se establece una relación amorosa, pero Gina se casa con el duque Sanseverina, de acuerdo con los deseos de Mosca. Y es que, dado que el conde está casado y Gina es viuda, este matrimonio les permite verse respetando las buenas costumbres.

Mosca, nombrado primer ministro, sugiere a

Gina que haga volver a Fabricio a Italia. Pero, para ello, el joven tiene que abrazar primero una carrera eclesiástica, dado que su carrera militar se ha visto comprometida por sus hazañas junto a Napoleón. Fabricio acepta y se va a estudiar teología a Nápoles. Planea convertirse en el futuro arzobispo de Parma. Por su parte, Gina se convierte en una de las mujeres más notorias de la corte.

CAPÍTULOS 7-20

Han pasado cuatro años. Fabricio, que ha terminado sus estudios, vuelve a Parma, donde intenta encandilar a la vez al príncipe, a la princesa, a su hijo y al arzobispo, quien le toma cariño.

Un día, Fabricio acude al teatro y se rinde ante los encantos de una actriz, Marietta Valserra. Desgraciadamente, esta ya tiene un amante oficial, Giletti, un hombre terriblemente celoso y violento. Durante un enfrentamiento provocado por Giletti, Fabricio lo mata y se ve obligado a huir de nuevo. Este último, condenado por rebeldía, tiene que llevar una vida errante.

A pesar de las intrigas que lleva a cabo Gina

para impedir el arresto de su sobrino, Fabricio es arrestado y encarcelado en la torre Farnesio, dentro de la ciudadela de Parma, cuyo gobernador es el general Fabio Conti. Este tiene una hija, Clélia, cuyos encantos no pasan desapercibidos para Fabricio. Como las ventanas de la joven dan a la celda de Fabricio, ambos se comunican y terminan por confesarse su amor.

Los enemigos de Gina y de Mosca en la corte buscan perjudicarlos y, para ello, han decidido atacar a Fabricio. Gina, que teme que su sobrino sea asesinado en la cárcel, lo ayuda a fugarse con ayuda de Clélia. La fuga de Fabricio se salda con un éxito.

CAPÍTULOS 21-28

Durante un paseo por el bosque en sus tierras, Gina conoce a Ferrante Palla, un médico y poeta muy conocido en Italia. Palla, completamente enamorado de la joven, se pone a sus órdenes.

A pesar de que Fabricio ahora es libre, no es feliz, ya que no se encuentra junto a Clélia quien, siguiendo los deseos de su padre, ha aceptado casarse con el marqués Crescenzi.

El príncipe muere de repente, tras una enfermedad. Sin duda, Palla está implicado en su fallecimiento: Gina nunca perdonó al soberano la condena y la encarcelación de su sobrino, y probablemente le pidió a Palla que lo asesinara.

Gina retoma el camino hacia Parma con Fabricio y el nuevo príncipe la nombra para un puesto honorífico. Este, que está perdidamente enamorado de ella, accede a petición de esta a que se celebre un nuevo juicio por Fabricio. Loco de contento, el joven se entrega en la ciudadela para tener el placer de volver a ver a Clélia. Pero allí se encuentra de nuevo bajo la amenaza de un asesinato, lo que lleva a la destitución del general Conti. Sin embargo, Fabricio logra encontrarse con Clélia y su amor sigue siendo igual de fuerte.

No obstante, la joven se casa con Crescenzi. Fabricio, que es declarado inocente durante el nuevo juicio, pero que está desesperado por el enlace de la mujer a la que ama, decide llevar una vida de asceta y empieza a ser conocido como un gran predicador. Sin embargo, un día Clélia acepta encontrarse con Fabricio y le confiesa que todavía lo ama.

El conde de Mosca, que ahora es viudo, se casa con Gina, cuyo marido ha fallecido unos años antes.

Pasan tres años, en los que Fabricio y Clélia se ven con frecuencia. De este romance nace Sandrino. El fallecimiento prematuro del niño provoca que Clélia muera de tristeza. Entonces, Fabricio, desesperado, se refugia en la cartuja de Parma, donde no tarda en morir. Gina, rota por la defunción de su sobrino, también fallece.

ESTUDIO DE LOS PERSONAJES

FABRICIO

Fabricio Valserra del Dongo es el segundo hijo del marqués y de la marquesa del Dongo, al menos oficialmente, ya que su verdadero padre es un oficial francés del ejército napoleónico.

Pasa su infancia y su adolescencia rodeado de mujeres (su madre, sus hermanas y, principalmente, su tía), sin presencia masculina, salvo la del abate Blanès, el cura del pueblo, a quien el marqués ha confiado la educación de su hijo.

Desde muy pequeño, los relatos de las hazañas de Napoleón forman parte de su vida. Así, cuando crece, Fabricio sueña con seguir el ejemplo del Emperador. Pero el joven, impetuoso, soñador, ingenuo y mal preparado para la realidad de la vida, va de desilusión en desilusión. Al no saber qué camino escoger, al final se deja guiar hacia una carrera eclesiástica, aunque sin la más mínima voluntad. Sigue el sendero que su tía y el conde Mosca han trazado para él y que lo lleva a la prestigiosa función de arzobispo de Parma.

Se encuentra muy apegado a su tía y, en un momento dado, piensa que está enamorado de ella. Pero su inconstancia lo arroja a los brazos de una actriz de bajo rango, que tiene un amante oficial a quien Fabricio tiene que matar en legítima defensa. Finalmente, encontrará el amor verdadero junto a Clélia Conti. Sin embargo, se trata de un amor imposible: el hábito que lleva Fabricio no le permite una relación amorosa y, además, Clélia está prometida con un rico noble de la corte de Parma. Aun así, los jóvenes viven su pasión, de la que nace un niño. Su muerte prematura acarreará la de sus padres.

CLÉLIA CONTI

Cuando Fabricio la conoce por primera vez, Clélia tiene 12 años. Vuelve a encontrarse con ella unos años más tarde, cuando está encarcelado por asesinato en la ciudadela de Parma, cuyo general Fabio Conti, el padre de Clélia, es el gobernador.

Es una joven inteligente, obstinada y constante.

Su amor por Fabricio no se apaga nunca e incluso ayuda a que este se fugue, corriendo el riesgo de comprometer a su propio padre. Sin embargo, conmocionada por su acto, promete no volver a ver a Fabricio. A continuación, durante sus encuentros, utiliza un pretexto para no cometer perjurio: sus reuniones solo tienen lugar en la oscuridad, por lo que ya no lo ve. Se casa siguiendo los deseos de su padre con un hombre al que no ama y da un hijo a Fabricio, Sandrino. Pero muere de pena cuando fallece el niño.

GINA

Sin duda, es el personaje que cambia de identidad con más frecuencia a lo largo de toda la novela. Primero la conocemos bajo el nombre de Gina del Dongo, como hermana del marqués. A continuación, con su enlace con el conde Pietranera, se convierte en la condesa Pietranera. Y, cuando muere su marido, se convierte en la duquesa Sanseverina tras otra unión. Para acabar, se casa en últimas nupcias con el conde Mosca, su amante desde hace muchos años.

Es una mujer muy inteligente y extremadamente bella: tiene muchos admiradores en la corte de

Parma. Está muy apegada a su sobrino, Fabricio, y busca por todos los medios sacarlo de sus apuros. Su afecto a veces se torna en amor, lo que la lleva a idear diversos complots e intrigas para salvarlo, sobre todo durante su encarcelamiento. De hecho, el fallecimiento de Fabricio hará que ella muera de pena.

EL CONDE MOSCA

Este antiguo oficial del ejército napoleónico durante la guerra en España, que primero es ministro de Guerra y de la Policía en Parma y, a continuación, primer ministro, también rinde culto al Emperador.

Inteligente y poderoso en la corte, sabe cómo actuar para que el príncipe lo obedezca, a pesar de algunas desaprobaciones pasajeras.

Está muy enamorado de Gina y la ayuda a llevar a cabo sus proyectos, a pesar de que el amor que ella manifiesta por su sobrino provoca sus celos en múltiples ocasiones.

CLAVES DE LECTURA

GÉNESIS Y NARRACIÓN DE LA OBRA

La génesis de la obra

En 1833, cuando Stendhal ocupa el puesto de cónsul de Francia en los Estados Pontificios, descubre los archivos de una antigua familia romana. Entre sus páginas, se encuentra un conjunto de hojas titulado *Origen de la grandeza de la familia Farnesio*. En él se pueden leer las aventuras de Alejandro Farnesio (1468-1549), el futuro papa Pablo III, y su ascenso en la carrera eclesiástica gracias a las intrigas de su tía, una tal Vandozza, así como sus amoríos con una romana llamada Cléria. En ese momento, Stendhal está convencido de que ha descubierto unas páginas con un interés excepcional y decide utilizarlas para una nueva novela.

Mezcla estos archivos con otros elementos para producir una obra muy personal: dado que es un apasionado de la Italia que ha descubierto durante su servicio en el ejército napoleónico, donde vivirá varios años, la convierte en el lugar de la acción. Es un ferviente admirador de Napoleón, por lo que también infunde esta admiración a su protagonista, Fabricio. Para acabar, inserta en su obra el relato de la batalla de Waterloo, que lo marca profundamente.

Una vez que su proyecto va tomando forma, Stendhal escribe *La cartuja de Parma* con una rapidez desconcertante. Se encierra en su domicilio parisino el 4 de noviembre de 1838 y dicta toda la novela a un secretario. Se pone el punto final a finales de diciembre y el libro se publica en librerías en abril de 1839.

La narración

Cuando se emplea el término «focalización» en una obra literaria, se habla del punto de vista desde el que se narra el relato. En este sentido, *La cartuja de Parma* es una obra particular, ya que reúne dos tipos de focalización:

- por una parte, la historia se narra en focalización interna (lo que significa que los hechos se presentan según la perspectiva de un personaje), pero esta focalización se desplaza de un personaje a otro, lo que permite al lector comprender de forma realista el estado anímico y los sentimientos de cada protagonista. Así, al principio de la novela, quien presenta los hechos es el teniente Robert, que narra su llegada a Italia y la vida que allí tiene durante unas semanas (a través de sus ojos, conocemos a la madre de Fabricio y a Gina) y, a continuación, la focalización se desplaza, siempre manteniéndose interna, ya que el lector vive los acontecimientos a través de los ojos de Fabricio;

- por otra parte, junto a todos estos puntos de vista diferentes que se suceden a lo largo del relato, hay uno que está presente del principio al final, el de Stendhal, en focalización cero (el lector sigue la acción siguiendo el punto de vista de un narrador externo a la historia; en este caso, el propio autor, que conoce los pensamientos y los sentimientos de cada personaje). Ya en el preámbulo, el autor se erige en dueño de la obra: él es quien ha descubierto la historia y quien se encarga de transcribirla para sus lectores. Y a lo largo de toda la novela, aparece de forma regular para dar su opinión sobre los actos de los personajes.

UNA NOVELA DE APRENDIZAJE

Una novela de aprendizaje es aquella en la que el protagonista es joven e inexperto al principio de la obra. El libro permite seguir su evolución: así, lo vemos madurar, evolucionar y forjarse su propia concepción de la vida. Al principio es ingenuo, pero sus experiencias y su enfrentamiento con el mundo le otorgan sabiduría:

- al principio de la novela, Fabricio es un joven ocioso, poco instruido y sin ningún tipo de experiencia en la vida, que se pasa el día montando a caballo. Representa el caldo de cultivo ideal para los sueños de gloria y de hazañas militares que inspira Napoleón, gran ídolo de las mujeres de la familia;
- cuando Fabricio se entera de que Napoleón ha huido de la isla de Elba y de que intenta regresar, decide unirse a él y entrar en las tropas imperiales, cuando nunca ha luchado y ni siquiera sabe cómo coger un fusil. Su ingenuidad alcanza su máximo esplendor durante la batalla de Waterloo, cuando exclama: «¡Ah, por fin estoy en plena batalla! […] ¡He sido bautizado por el fuego! […] Ya soy un verdadero

militar» (Stendhal 2015, libro 1, cap. 3), como si su sola presencia en un campo de batalla lo convirtiera en un soldado aguerrido. Pero él mismo confiesa que no entiende mucho de la acción e incluso se atreve a hacer esta estúpida pregunta a un oficial: «Señor, es la primera vez que asisto a una batalla. [...] Pero ¿es esta una verdadera batalla?» (Stendhal 2015, libro 1, cap. 3). De hecho, Fabricio experimenta su primera desilusión real durante este combate: este bautismo de fuego arruina sus esperanzas de gloria militar;

* a lo largo de la novela, es el amor lo que realmente le permite crecer y convertirse en un hombre sabio. El amor que siente —o cree sentir— por la actriz Marietta es el elemento que cambia su vida para siempre. En efecto, para defenderse, se ve obligado a matar a Giletti, el amante oficial de Marietta. Tras esto, es encarcelado, y es ahí cuando conoce a Clélia, que le inspira el verdadero amor;

* como todo protagonista de novela de aprendizaje, Fabricio se ve enfrentado a la realidad hostil, que no se corresponde con sus expectativas. En efecto, su amor por Clélia es imposible, ya que es nombrado arzobispo y la

joven está casada;

• al final de la novela, Fabricio ha entendido que no podía construir una realidad a su medida y, en vez de afrontarla y salir herido, prefiere refugiarse tranquilamente en un monasterio donde pasará sus últimos días. No hay que ver esto como una señal de debilidad o de renuncia por parte del protagonista, sino más bien de una lucidez que le permite comprender la vida, aceptarla e intentar vivir de acuerdo con las decisiones que ha tomado. A lo largo de toda la novela, Fabricio ha evolucionado, y pasa de la ingenuidad de la adolescencia a la sabiduría del adulto, aunque sufre heridas inevitables.

EL PROTAGONISTA STENDHALIANO

Si partimos de la base de que el protagonista de una novela es su personaje principal, y que la acción se materializa por y para él, Fabricio no cumple totalmente con este criterio. En efecto, son muchos los capítulos en los que está ausente, sobre todo durante sus estudios de teología en Nápoles, de los que el lector no sabe nada. En ese momento, es la duquesa Sanseverina, su tía, la que ocupa un lugar preeminente, conspirando con su amante, el conde Mosca, para garantizar un buen futuro a su sobrino.

También es interesante la actitud de Stendhal con respecto a Fabricio. El autor nunca intenta mostrar a un protagonista simpático. Incluso podemos afirmar que no duda en presentarlo como ingenuo y ridículo. Cuando Fabricio se está acercando al campo de batalla de Waterloo y se encuentra ante un cadáver, Stendhal lo describe de la siguiente manera: «No había dado Fabricio quinientos pasos cuando su caballo se detuvo de golpe: un cadáver, tendido en medio del sendero, causaba horror al caballo y al caballero. La cara de Fabricio, naturalmente pálida, adquirió un tinte verdoso muy pronunciado» (Stendhal 2016, libro 1, cap. 3). Para un hombre que unos minutos antes solo quería luchar, esta actitud roza lo ridículo. Más adelante, Stendhal llega a afirmar: «Confesaremos que nuestro héroe estaba muy poco heroico en aquel momento. Sin embargo, solo tenía miedo en segundo término; le horrorizaba, sobre todo, el estruendo que le hacía daño en los oídos» (Stendhal 2016, libro 1, cap. 3).

En realidad, Stendhal intenta mostrar el aturdimiento de su protagonista en el mundo real. Se encuentra en plena guerra, pero el joven solo piensa en su incomodidad y no logra ser consciente del alcance del acontecimiento en el que participa. Incluso cuando se enfrenta directamente al enemigo, Fabricio se encuentra fuera de lugar con respecto a la realidad. Armado ante un prusiano, se decide a abrir fuego: «"No se halla a tres pasos —se dijo—, pero a esta distancia estoy seguro de mi tiro"; siguió al jinete con el fusil y por fin apretó el gatillo: cayó el jinete con su caballo. Nuestro héroe se creía de caza: corrió muy alegre hacia la pieza que acababa de cobrar» (Stendhal 2016, libro 1, cap. 4).

Así, ninguna acción de Fabricio es heroica; todas se deben al azar o a decisiones que otros han tomado por él, como su fuga de la cárcel.

Aunque Stendhal presenta aquí a un protagonista ridículo, ingenuo e inadaptado a la vida en el mundo real, lo cierto es que también hace hincapié en su evolución —al final, Fabricio alcanza la sabiduría— y termina mostrando respeto hacia él.

Hay otro protagonista de Stendhal que muestra esa inadaptación a la vida y a la sociedad: es

Julián Sorel en *Rojo y Negro* (1830). Al igual que Fabricio, Julien duda entre la carrera militar y la carrera eclesiástica, y acaba por abrazar esta última. Y también al igual que él, Julien tiene el corazón dividido entre dos mujeres, una más mayor, la señora de Rênal, y la otra, Matilde de la Mole, con quien tendrá un hijo ilegítimo, como Fabricio con Clélia. Sin embargo, las dos novelas se diferencian en el tono que desprenden: *La cartuja de Parma* es una novela profundamente optimista, en la que los protagonistas persiguen la felicidad, mientras que *Rojo y Negro* es una obra mucho más oscura. A diferencia de Fabricio, que ha nacido en una buena familia, Julián Sorel intenta labrarse un hueco en la sociedad gracias a su inteligencia y a su talento únicamente, pero es muy difícil alcanzar ese lugar por su estatus social de nacimiento: es el hijo de un obrero. Intentará luchar contra esta injusticia durante toda su existencia, pero lo pagará con su vida.

UN DOCUMENTO HISTÓRICO

La cartuja de Parma puede considerarse un auténtico documento histórico, sobre todo por su descripción de la Italia del siglo XIX y por su visión de la epopeya napoleónica.

La Italia de principios del siglo XIX

La novela empieza justo al final del siglo XVIII y continúa a principios del XIX. En esa época, Italia, bajo dominación austriaca, está conformada por un mosaico de principados, en los que cada gobernante organiza su propia corte y su propio gobierno. Pero las campañas napoleónicas trastocan el orden establecido y ponen en entredicho la dominación del Imperio austrohúngaro.

En términos generales, la descripción de Stendhal es fiel a la realidad. De hecho, el duque de Parma existió realmente y gozaba de independencia. No obstante, cabe señalar que el autor se tomó algunas licencias con respecto a la historia. En efecto, Ranucio Ernesto IV no existió jamás y, en la época en la que se desarrolla la novela, Parma estaba gobernada por María Luisa de Habsburgo-Lorena (1791-1847), hija de Francisco II (segundo emperador del Sacro Imperio Romano Germánico, 1768-1835) y segunda esposa de Napoleón.

La epopeya napoleónica

La epopeya napoleónica en seguida se convierte en un mito en la Europa del siglo XIX y *La cartuja de Parma* lo refleja a la perfección. El propio Stendhal sirvió en las tropas imperiales y siempre se mostró fascinado por el personaje de Napoleón Bonaparte. Así, el inicio de la novela presenta una imagen idealizada del Emperador, que actúa como un detonante en Italia: «Los milagros de valentía y de genio que Italia presenció despertaron en pocos meses a un pueblo adormecido» (Stendhal 2016, libro 1, cap. 1).

Fabricio ha sido educado por su tía Gina y por el marido de esta, el conde Pietranera, en el culto al héroe. Se aburre en el castillo familiar, donde no tiene ante él a un héroe de verdad: odia a su padre, a sueldo de los austriacos. Así, el Emperador es la figura heroica ideal. Fabricio llega a entregarse a la causa, lanzándose a pecho descubierto tras los pasos de Napoleón, por razones que pertenecen más a un sueño imposible que a la inteligencia: «Parto [...], voy a unirme al emperador, que también es rey de Italia. ¡Era tan buen amigo de tu marido!» (Stendhal 2016, libro 1, cap. 2), le cuenta a su tía cuando se entera del regreso de

Napoleón. La batalla de Waterloo, descrita en la novela, es un momento importante: se trata de la primera desilusión de Fabricio ante un mundo que desconoce y que no entiende, así como una etapa histórica decisiva que marca el final del reinado de Napoleón, vencido definitivamente.

PISTAS PARA LA REFLEXIÓN

ALGUNAS PREGUNTAS PARA PROFUNDIZAR EN SU REFLEXIÓN...

- ¿Con qué otros protagonistas de la literatura podemos comparar a Fabricio? Justifique su respuesta.
- ¿Qué elementos convierten a *La cartuja de Parma* en una novela realista?
- ¿Qué imagen de la política y del poder presenta Stendhal en su novela?
- ¿Cuáles son las diferencias y las semejanzas entre Clélia y Gina, las dos mujeres importantes en la vida de Fabricio?
- ¿Qué imagen de la religión presenta el autor en su novela?
- A veces se ha establecido una relación entre Clélia y la señora de Rênal, uno de los personajes principales de la novela *Rojo y Negro*. ¿Qué opinión le merece esta afirmación?
- La novela *La cartuja de Parma* ha sido considerada a menudo un poema épico. ¿Está

de acuerdo con este análisis? Justifique su respuesta.

- ¿Puede decirse que *La cartuja de Parma* es una novela histórica? Explique su respuesta.

¡Su opinión nos interesa!
¡Deje un comentario en la página web de su librería en línea,
y comparta sus favoritos en las redes sociales!

PARA IR MÁS ALLÁ

EDICIÓN DE REFERENCIA

- Stendhal. 2015. *La cartuja de Parma*. s. l.: Penguin Clásicos.

ESTUDIOS DE REFERENCIA

- del Litto, Victor. 1983. Prólogo y comentarios a *La Chartreuse de Parme*, de Stendhal. París: Le livre de Poche, colección *Les Classiques de Poche*.

- Stendhal. 2015. *La Chartreuse de Parme*. s. l.: Les Éditions de l'Ebook malin. E-book en epub.

EN RESUMENEXPRESS.COM

- Guía de lectura de *Rojo y Negro* de Stendhal.

ResumenExpress.com